Odin Helgheim

Ragnarök - Donnergott

**BISHER ERSCHIENEN:**

BAND 1: FENRISWOLF
BAND 2: FIMBULWINTER
*BAND 3: DONNERGOTT*

Diese Übersetzung wurde finanziell unterstützt durch NORLA.

NORLA
Norwegian
Literature Abroad

FSC
www.fsc.org
MIX
Papier | Fördert
gute Waldnutzung
FSC® C018236

ISBN 978-3-7432-1739-3
1. Auflage 2025
erschienen unter dem Originaltitel *Tordenguden*

Aus dem Norwegischen übersetzt von Katharina Erben und Tilo Herrmann
Umschlag- und Innenillustrationen: Odin Helgheim
Umschlaggestaltung: Johanna Mühlbauer
Druck und Bindung: Druck und Bindung: Drukarnia Dimograf Sp. z o.o.,
ul. Legionów 83, 43-300 Bielsko-Biala, POLEN

www.loewe-graphix.de

ODIN HELGHEIM

# RAGNARÖK

## DONNERGOTT

BAND 3

Aus dem Norwegischen übersetzt von
Katharina Erben und Tilo Herrmann

GRAPHIX
Loewe

BALD ENTSCHEIDET SICH DAS SCHICKSAL DER GÖTTER, RAGNARÖK ...
DER FENRISWOLF TOBT DURCH ASGARD, FLETSCHT DIE ZÄHNE UND SETZT ZUM SPRUNG AN AUF ...

... DEN DONNERGOTT!

KAPITEL 1

HALT STILL, UBBE.
MUSS DAS WIRKLICH SEIN?

**DU GIMPEL!** DEIN HAAR FÄLLT DIR SCHON IN DIE AUGEN.
WIE SOLLEN WIR DEN FENRIS-WOLF FANGEN, WENN DU NICHTS SEHEN KANNST?
ICH KANN SUPER SEHEN!

DU, THYRA ... WAS, WENN WIR DEN FENRISWOLF NIE FINDEN?
DANN BEKOMMEN WIR IDUNS ÄPFEL NICHT. UND OHNE DIESE ÄPFEL BLEIBT MEIN BRUDER FÜR IMMER BLIND.

SHHH! SO PESSIMISTISCH HEUTE? DU MACHST DIR DOCH SONST NICHT SO VIELE GEDANKEN!
LOKI SAGT, DER WOLF IST GLEICH BEI DEN DREI SCHWERTERN.
WIR **MÜSSEN** HOD UND DEN REST DES DORFES GESUND MACHEN! KOPF HOCH, UBBE.

...
ABER WAS, WENN W...
... ICH SAGTE, KOPF HOCH!
UFF!
FERTIG!
SIEHT VIEL BESSER AUS, JETZT!
NANU? ICH KANN JA WIEDER SEHEN!
WAS HAST DU DENN DA AUF DER WANGE, UBBE?

WAS MEINST DU?
ZEIG HER!
EIN ... BART-HAAR?
HAST DU BART GESAGT?
JA!! LOKI!! KNECHT!! SEHT!!
UPS!
LOS DOCH, KNECHT BLAU-ZAHN! DU HAST IHN GEHÖRT.

GUTE NEUIGKEITEN!
JA? SCHIESS LOS, BUBI!
„BUBI". PFFFT!
ICH BIN JETZT EIN MANN!
SEHT NUR. ICH HABE JETZT EINEN BART! IST ER NICHT SCHICK?
NA, DAS IST JA TOLL! EIN RICHTIGER MANN! EIN ECHTER WIKINGER!
HEY!
ICH SEH NIX.
HIER IST DAS HAAR.

ÄHM ... ES WAR EIN UNFALL.
BEI DEN GÖTTERN ... THYRA, DU UNMENSCH.
???
BFWAHAHA! DU GEFÄLLST MIR IMMER BESSER, SCHAMANIN!
HALT DURCH, MEISTER UBBE! DU KANNST MEINEN BART HABEN. HIER, NIMM ALLES!
ÜBRIGENS GIBT ES EINE WINZIGE PLANÄNDERUNG. ICH MUSS MIT DIR REDEN ...
... ALLEIN.
WIR SIND ALLEIN. SPUCK'S AUS!

OKAY ... **VERGISS DEN FENRISWOLF!** WIR GEHEN DIREKT NACH ASGARD UND LASSEN EIN PAAR SAFTIGE ÄPFEL ... MITGEHEN!
DU UND BLAUZAHN WARTET HIER AUF UNS. ES WIRD NICHT LANGE DAUERN.
WAS?!
GUTER PLAN, ODER? WÜRDEST DU ES UBBE SAGEN? DU HAST EINEN BESSEREN DRAHT ZU IHM.
ICH VERSTEH'S NICHT. WIR SUCHEN SCHON EWIG NACH FENRIR ...
UND WARUM NUR DU UND UBBE?
ÄHM ... ALSO, W...WEIL E...ER SO ... EIN GUTER BOGEN-SCHÜTZE IST! **GENAU!**
„BOGEN-SCHÜTZE"?
WILLST DU ETWA DIE GÖTTER ANGREIFEN?
NEIN, NEIN, NATÜRLICH NICHT! SO WAR DAS NICHT GEMEINT!
AUF KEINEN FALL SOLL JEMAND VERLETZT WERDEN!

UND DAMIT NICHT GENUG! ICH DARF NICHT NACH ASGARD ZURÜCK, BIS ICH IHN HABE.
WIE SOLL ICH IHN ALLEINE FANGEN? HÄTTE DER ALLVATER NICHT EINEN GOTT SCHICKEN KÖNNEN, DER SO WAS BESSER DRAUFHAT?
ABER DU HAST DOCH GESAGT, DASS DU NICHT NACH ASGARD ZURÜCKDARFST, BIS DU DEN FENRISWOLF GEFANGEN HAST?
HABE ICH DAS WIRKLICH GESAGT? ÄHM ... KANN MICH NICHT ERINNERN. EGAL, ICH BIN SOWIESO NICHT WILLKOMMEN IN ASGARD. ES IST ... **KOMPLIZIERT**.
WIR MÜSSEN UNS REIN-SCHLEICHEN. ÄHÄHÄ!
**BITTE?!** DAS HAST DU ABER NICHT GESAGT!
***SEUFZ!*** THYRA ...
... DIE WAHR-HEIT IST, DASS ICH MIT DER GÖTTIN IDUN REDEN MUSS.
UND DAFÜR BRAUCHE ICH UBBE! DER PLAN IST, DASS WIR UNS NACH ASGARD SCHLEICHEN. ICH QUATSCHE MIT DER GÖTTIN UND SCHWUPP, SIND WIR MIT DEN ÄPFELN ZURÜCK.
WILLST DU JETZT DIE ÄPFEL ODER NICHT?
AN DEM PLAN IST WAS FAUL! WORÜBER MÜSST IHR DENN REDEN? UND WOFÜR BRAUCHST DU EIGENTLICH **UBBE?**

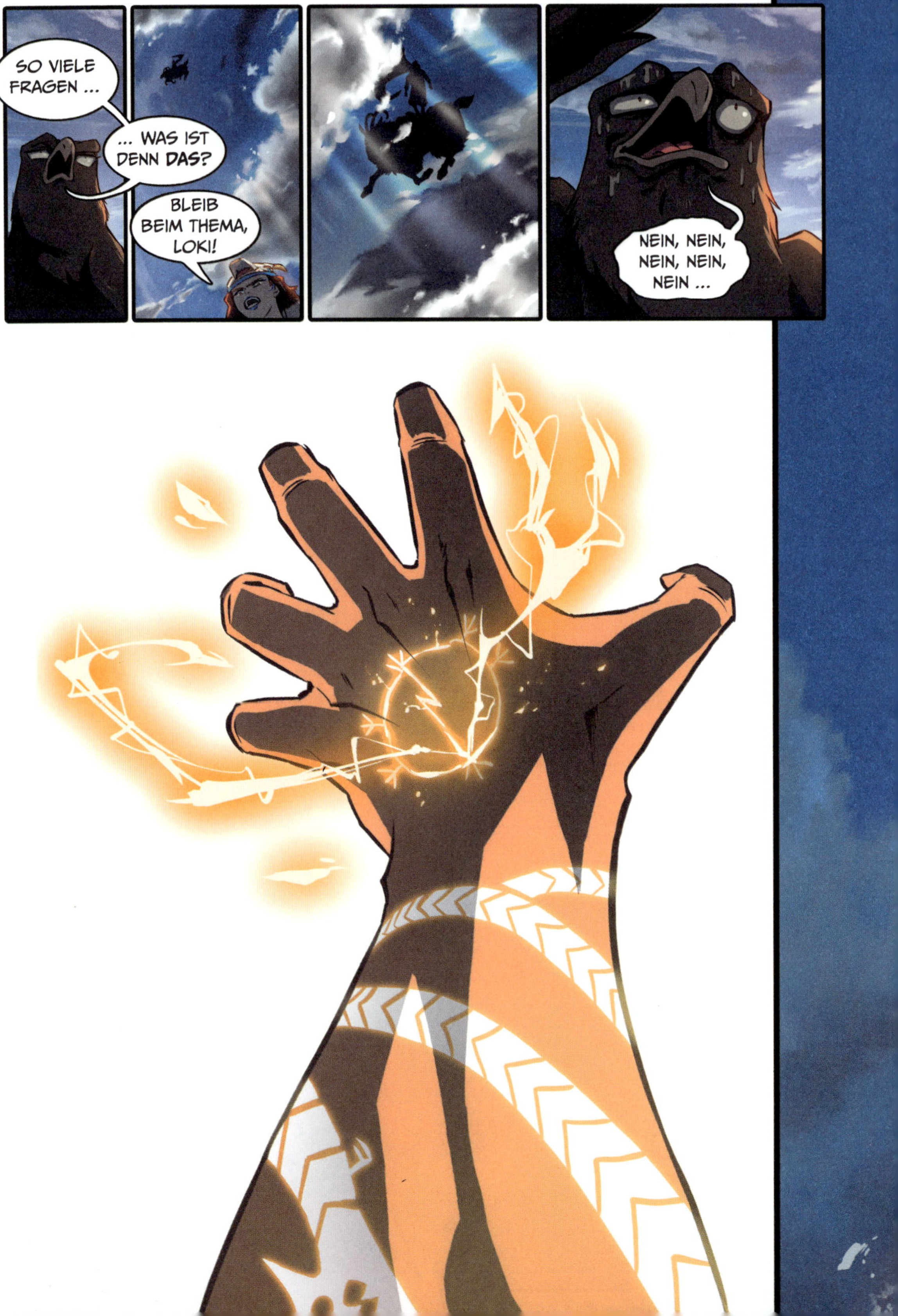
SO VIELE FRAGEN ...
... WAS IST DENN DAS?
BLEIB BEIM THEMA, LOKI!
NEIN, NEIN, NEIN, NEIN, NEIN ...

... NEIN, NEIN, NEIN, NEIN, NEIN UND NEIN!
THYRA, WIR MÜSSEN WEG! SOFORT!
WAS IST MIT DIR?!

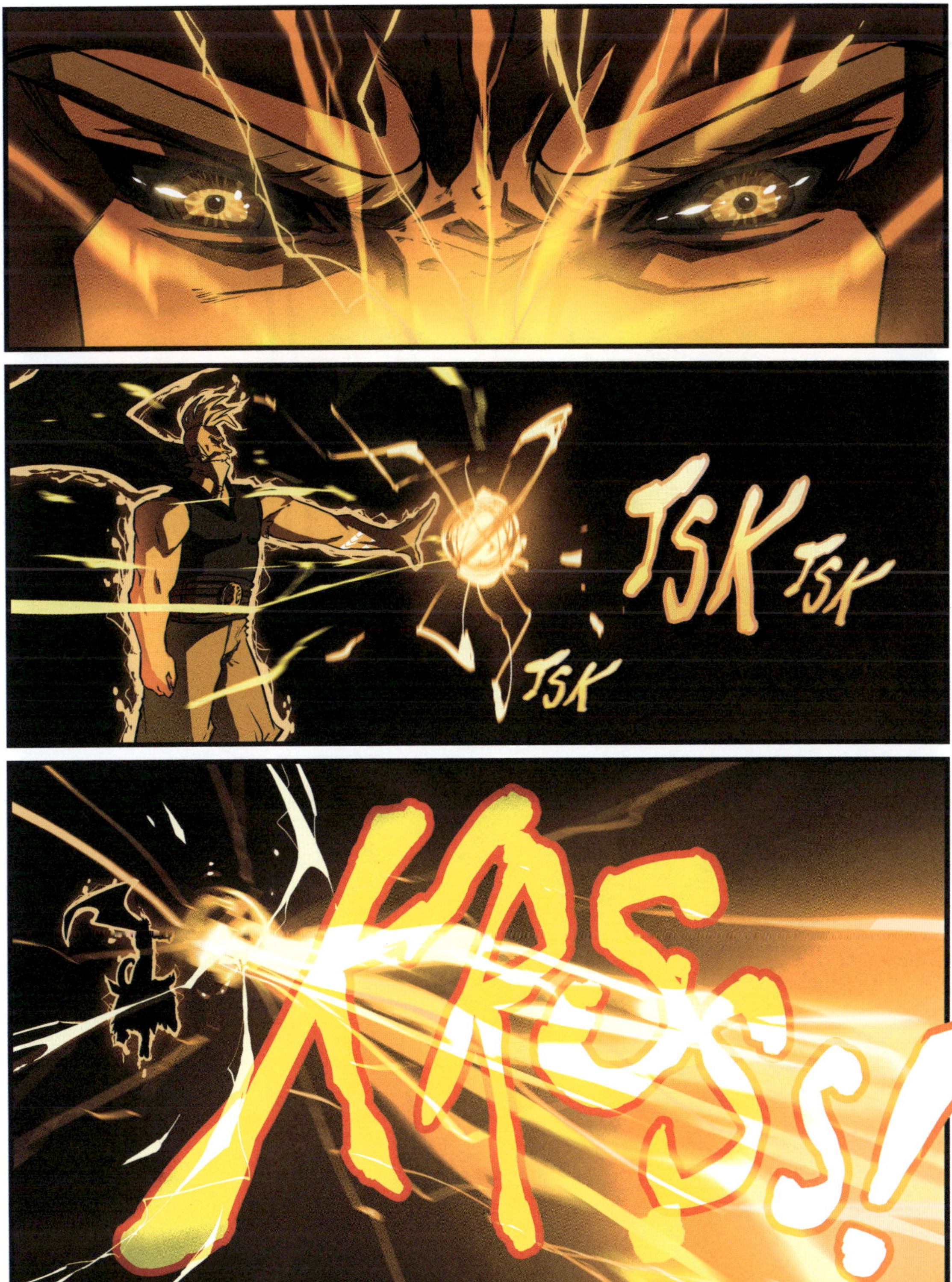
TSK TSK
TSK
KRSSS!

WAS UM ALLES IN DER WELT?! WO SIND THYRA UND LOKI?!
SWOOOOSH
DA KOMMT SIE!
DUNK!

DAS WAR LUSTIG! NOCH MAL!
BLAUZAHN ... KLAPPE.
WOHER HAST DU DENN DIESEN UMWERFENDEN FLUGANGRIFF, THYRA?
WAS WAR DENN DAS?

DU MUSST THOR SEIN, DER **LEIBHAFTIGE DONNERGOTT!**
WARUM GREIFST DU UNS AN?!
WAS GEHT HIER VOR, LOKI?!
NUN, IHR VERSTEHT, ÄHM ...
LAUFT!
ZZT!
DU GEHST NIRGENDWOHIN, LOKI.
AUS DEM WEG, MENSCHEN.

WAS HAST DU MIT UNS VOR?!

ICH SAGTE: AUS DEM WEG.

H...HEY, ALTER FREUND. SCH... SCH...SCHÖN, DICH WIEDER-ZUSEHEN!
WIE GEHT'S DENN SO, VIDAR? ALLES KLAR MIT D...

WANN LERNST DU ENDLICH, DIE KLAPPE ZU HALTEN, DU MISSGEBURT?!

HE, HE! LASS UNS D...DRÜBER REDEN, VIDAR!

LOKI!!

FOLGT MIR, LEUTE!
HAST DU „VIDAR" GESAGT? IST DAS NICHT THOR?!
ER KANN UNS BESTIMMT HELFEN, DEN FENRISWOLF ZU F...
Shhh!
SWOOOSH!
JETZT KOMMT MEIN ANGRIFF ...
TCH!

EISZAPFEN-ATTACKE!!

AU! HABT IHR DAS GESEHEN?!
HIHIHI!
WOW!
WO HAT ER DAS DENN GELERNT?!
SIEHT ECHT NICHT GUT AUS FÜR UNS!
LAUFT!

DA! EINE ÖFFNUNG! WAS AUCH IMMER DU GEMACHT HAST, ES HAT FUNKTIONIERT!
LOS, KOMMT SCHON! WIR MÜSSEN HIER WEG!
LAUFT IHR NUR! ICH BLEIBE HIER UND SPIELE NOCH EIN BISSCHEN.
ABER STIRB NICHT! DEN EISZAPFEN-TRICK MUSST DU MIR ZEIGEN!
LOKI!
ALSO ... WAS SAGT DER DONNERGOTT ZU EINEM FIMBULWINTER?

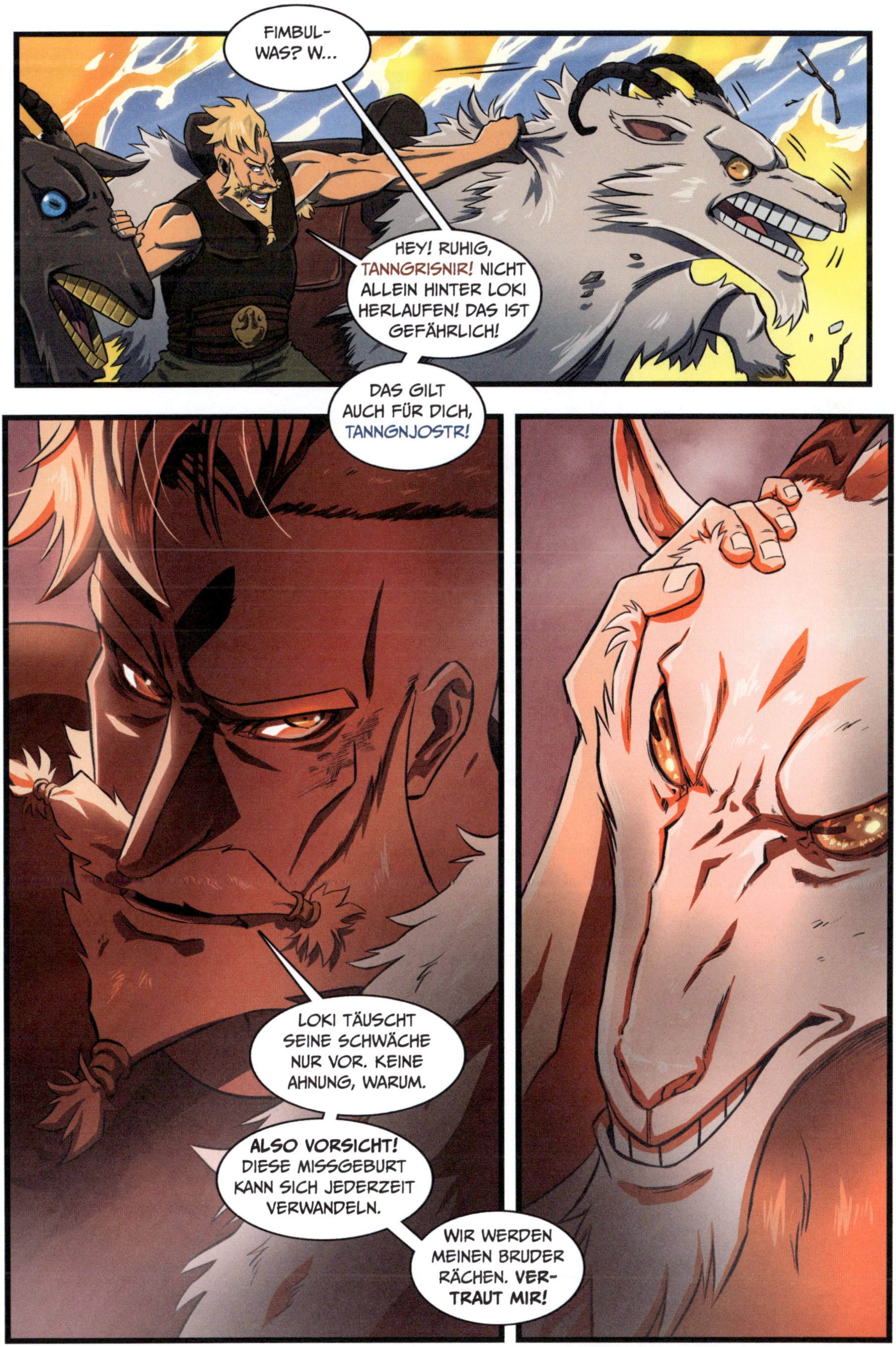
FIMBUL-WAS? W...
HEY! RUHIG, TANNGRISNIR! NICHT ALLEIN HINTER LOKI HERLAUFEN! DAS IST GEFÄHRLICH!
DAS GILT AUCH FÜR DICH, TANNGNJOSTR!
LOKI TÄUSCHT SEINE SCHWÄCHE NUR VOR. KEINE AHNUNG, WARUM.
ALSO VORSICHT! DIESE MISSGEBURT KANN SICH JEDERZEIT VERWANDELN.
WIR WERDEN MEINEN BRUDER RÄCHEN. VERTRAUT MIR!

ABER ZUERST KÜMMERN WIR UNS UM DEN ALTEN.
MIT DIESEM KERL IST ETWAS FAUL.

HIHIHI!
LASS UNS TANZEN,
DONNERGOTT!

# KAPITEL 2

GLAUBST DU, BLAUZAHN KRIEGT DAS HIN?
SELBST ER IST NICHT SCHRÄG GENUG, UM GÖTTER ZU BESIEGEN.
BLITZE ... GENAU WIE DAMALS. WAR ES VIELLEICHT DER DONNERGOTT, DER DEN FENRISWOLF VERJAGT HAT?
LOKI, WAS GEHT HIER VOR SICH? LOS, SAG!
PSSSSSSSST
„PSSSST", ICH FASS ES NICHT!

WIR MÜSSEN ABH...
...AU!
WAS MACHT IHR DA?
REDE!

PUH! NA GUT, NA GUT!
WIR WAREN NIE AUF DER SUCHE NACH DEM FENRISWOLF. ICH HABE DAS NUR GESAGT, UM EUCH EIN BISSCHEN ZU MOTIVIEREN.
UND ES HAT PRIMA FUNKTIONIERT! IHR MENSCHEN SEID SO RACHSÜCHTIG.
WIE ICH THYRA SCHON SAGTE, BRAUCHE ICH DIE ÄPFEL AUCH. UND ASGARD IST DER EINZIGE ORT, WO ES SIE GIBT. ALSO, TJA.
WO ICH SCHON DABEI BIN, SOLLTE ICH VIELLEICHT ERWÄHNEN, DASS ICH SEIT VIER JAHREN AUF DER FLUCHT BIN. HAB ICH VERGESSEN, DAS ZU SAGEN? UPS, SORRY!
VERGESSEN?
WARUM BIST DU AUF DER FLUCHT? WAS HAST DU ANGESTELLT?
UND WARUM IST DER DONNERGOTT **THOR** HINTER UNS HER?! WAS IST H…
… DAS IST ÜBERHAUPT NICHT THOR.

ES HANDELT SICH UM VIDAR, DEN **NEUEN** DONNERGOTT, THORS KLEINEN BRUDER, GENAU GENOMMEN.
TJAJA.
HAHA ...
... **HAHAHA!**
HA ... HA ... HA ...
WORÜBER LACHEN WIR?
ICH FINDE ES LUSTIG, WIE ...
... DU ES **IMMER** SCHAFFST, UNSEREN FRAGEN AUSZUWEICHEN!
THOR IST TOT!

ICH HABE DEN ERSTEN DONNERGOTT GETÖTET.
UND JETZT SIND ALLE GÖTTER HINTER MIR HER. BESONDERS DER ALLVATER UND VIDAR.
ES WAR NICHT MEINE SCHULD! ES WAR EIN UNFALL. LANGE GESCHICHTE.
*SEUFZ!* ICH MUSS MIT DER GÖTTIN IDUN SPRECHEN. SIE KANN MIR HELFEN. ALSO BRAUCHE ICH UBBE, UM IN IHREN GARTEN ZU KOMMEN.
ICH BIN SICHER, SIE GIBT EUCH SO VIELE ÄPFEL, WIE IHR WOLLT, WENN WIR ES NUR UNBEMERKT ZU IHR SCHAFFEN. ABER DAS IST JETZT GELAUFEN.
SO. DA HABT IHR'S. ZUFRIEDEN?

?!
IHR MENSCHEN KENNT DIE MYTHEN VON THOR, ABER NICHT DIE VON SEINEM JÜNGEREN BRUDER VIDAR.
WAS DIE MYTHEN NICHT ERWÄHNEN: THOR IST DER ERSTE – UND EINZIGE –, DEN ICH JE MEINEN FREUND GENANNT HABE. EIN HIRN WIE EIN SAUERTEIGBROT, NUN JA. ABER ...
... EIN HERZ AUS PUREM GOLD.

IM GEGEN-
SATZ ZU ...

... DEM KÖNIG DER GÖTTER, **ALLVATER ODIN.** KEINER IST SCHLIMMER.

UND JETZT IST VIDAR HIER, UM RACHE ZU NEHMEN!
UND ODIN BIEGT SICHER AUCH GLEICH UM DIE ECKE. ER WILL MICH ZURÜCKBRINGEN, AN **JENEN ORT**.
DAMIT ER WEITER AN MIR ...
... **HERUM-EXPERIMENTIEREN** KANN.

HIER STECKST DU, LOKI.

*SEUFZ* TJA, UNSERE ZEIT IST UM.
NEIN, UBBE!
ABER ...!
NOCH MAL: AUS DEM WEG, MENSCHEN! ES GEHT MIR NUR UM LOKI.

WO IST BLAUZAHN?
WAS IST HIER EIGENTLICH LOS?! **ANTWORTE!**
UBBE, DAS BRINGT NICHTS.

HM.
RÜHREND.
TUT EINFACH, WAS ER SAGT.
IHR HABT DAMIT NICHTS ZU TUN, MENSCHEN.
AB NACH HAUSE.
ICH ÜBERNEHME VON HIER AN.

BERUHIGT EUCH. DEM TATTERGREIS GEHT ES GUT. ICH HABE IHM NUR EINE LEKTION ERTEILT.
EINE HARTE NUSS, DAS MUSS MAN IHM LASSEN. MAN KÖNNTE FAST GLAUBEN, ER WÄRE AUCH EIN GOTT.

SIEH, UBBE! DAS MUSS IDUNS KRAFT SEIN!
LOKI HAT EUCH SCHON VIEL ZU VIEL ÜBER UNS GÖTTER ERZÄHLT.
ICH SAGE ES ZUM LETZTEN MAL ...
... AB NACH HAUSE!
NICHT OHNE ANTWORTEN!
UBBE! NEIN! BIST DU HIRN-RISSIG? VIDAR IST EIN GOTT!
MIR DOCH EGAL.

LETZTE WARNUNG!
UBBE!

ANTWORTE!
DU LÄSST MIR KEINE WAHL, VIDAR ...

NUN, DU HAST ES SO GEWOLLT!

ICH HATTE GEHOFFT, ICH ...
... WÜRDE NIE WIEDER DIESE FORM ANNEHMEN MÜSSEN!

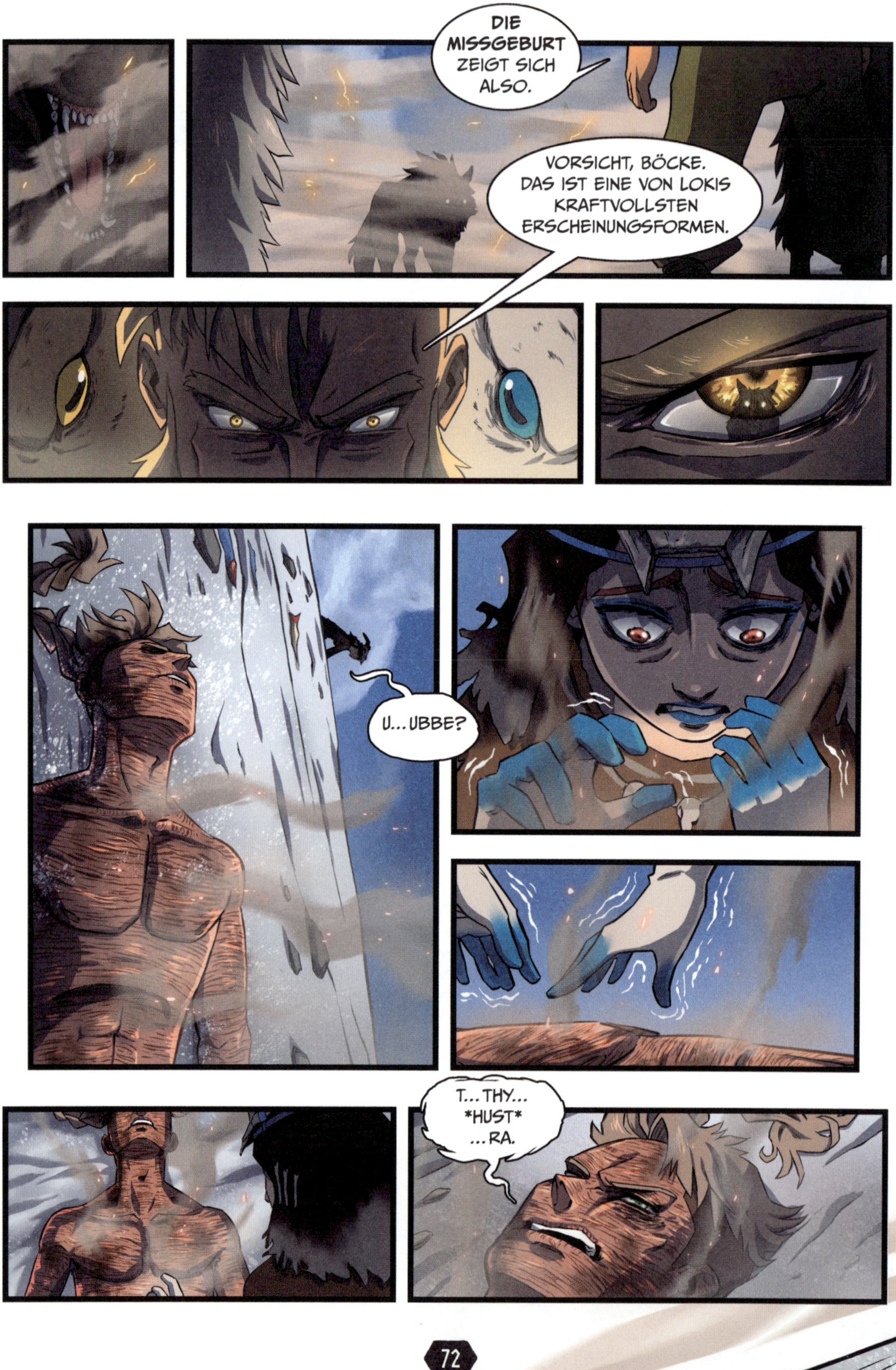
DIE MISSGEBURT ZEIGT SICH ALSO.
VORSICHT, BÖCKE. DAS IST EINE VON LOKIS KRAFTVOLLSTEN ERSCHEINUNGSFORMEN.
U...UBBE?
T...THY... *HUST* ...RA.

DAS KANN UBBE NICHT ÜBERLEBEN. ER BRAUCHT EINES VON VIDARS ELIXIEREN. **SCHNELL!**
ICH HOLE ES FÜR EUCH. **JETZT KEINE FRAGEN STELLEN, THYRA.** TU EINFACH, WAS ICH SAGE.

TUT MIR LEID, DASS IHR IN DIESES GÖTTERCHAOS GERATEN SEID.

DER FENRIS...
...WOLF?
NUN, VIDAR ... WANN WIRST DU ES ENDLICH BEGREIFEN?!
ODIN FÜTTERT DICH MIT LÜGEN!

BLEIBT HINTER MIR, BÖCKE! JETZT KÖNNEN WIR MEINEN BRUDER ENDLICH RÄCHEN!

ZUM LETZTEN MAL ... ES WAR NICHT MEINE SCHULD, VIDAR! THOR HÄTTE DAS HIER NICHT GEWOLLT!

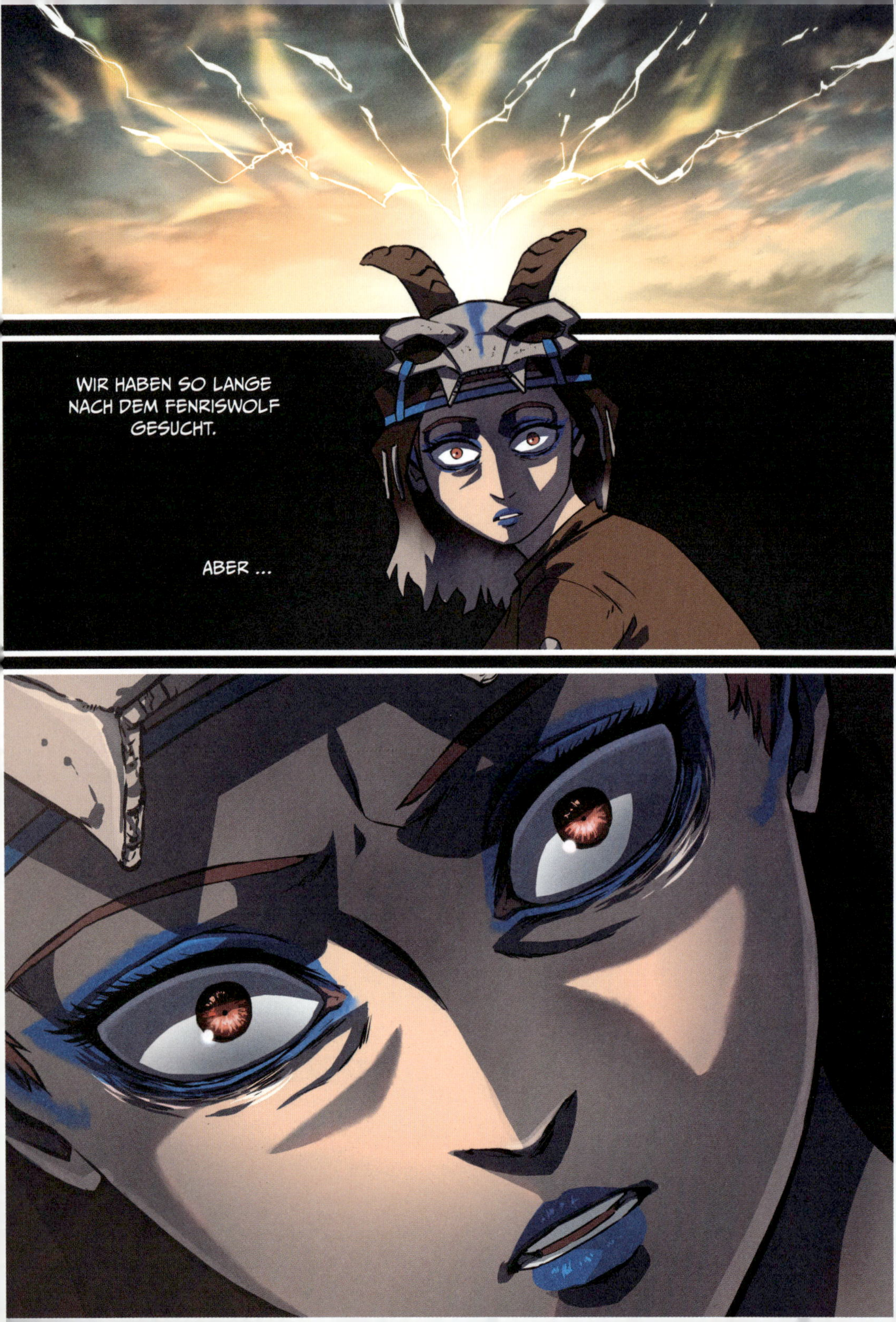
WIR HABEN SO LANGE NACH DEM FENRISWOLF GESUCHT.
ABER ...

... DU WARST
DIE GANZE ZEIT
HIER.
DU WARST ES, DER UNSER DORF ANGEGRIFFEN HAT. DU HAST GUNNHILD GETÖTET. DU HAST DIE STABMEISTERIN GETÖTET. DU BIST SCHULD, DASS HOD BLIND IST. DU, LOKI ...

... BIST DER FENRISWOLF.
N... NEIN!
MEINE BÖCKE!
GNADE, LO...
...AGH!

TUT MIR LEID, TANNGRISNIR UND TANNGNJOSTR.
HIER, THYRA. IDUNS HEILENDE ÄPFEL …
… ALS TRANK.
GIB IHN UBBE.
L…LOKI …
IHR HABT SICHER VIELE FRAGEN. WIR TREFFEN UNS IN DREI TAGEN BEI DEN DREI SCHWERTERN.

BEEIL DICH! UBBE **MUSS** ÜBERLEBEN!
HIER, UBBE ...
UBBE?
HALLO?
UBBE?
HÖRST DU MICH?
BITTE.
WACH AUF.
DU NICHT AUCH NOCH!

U... UBBE?

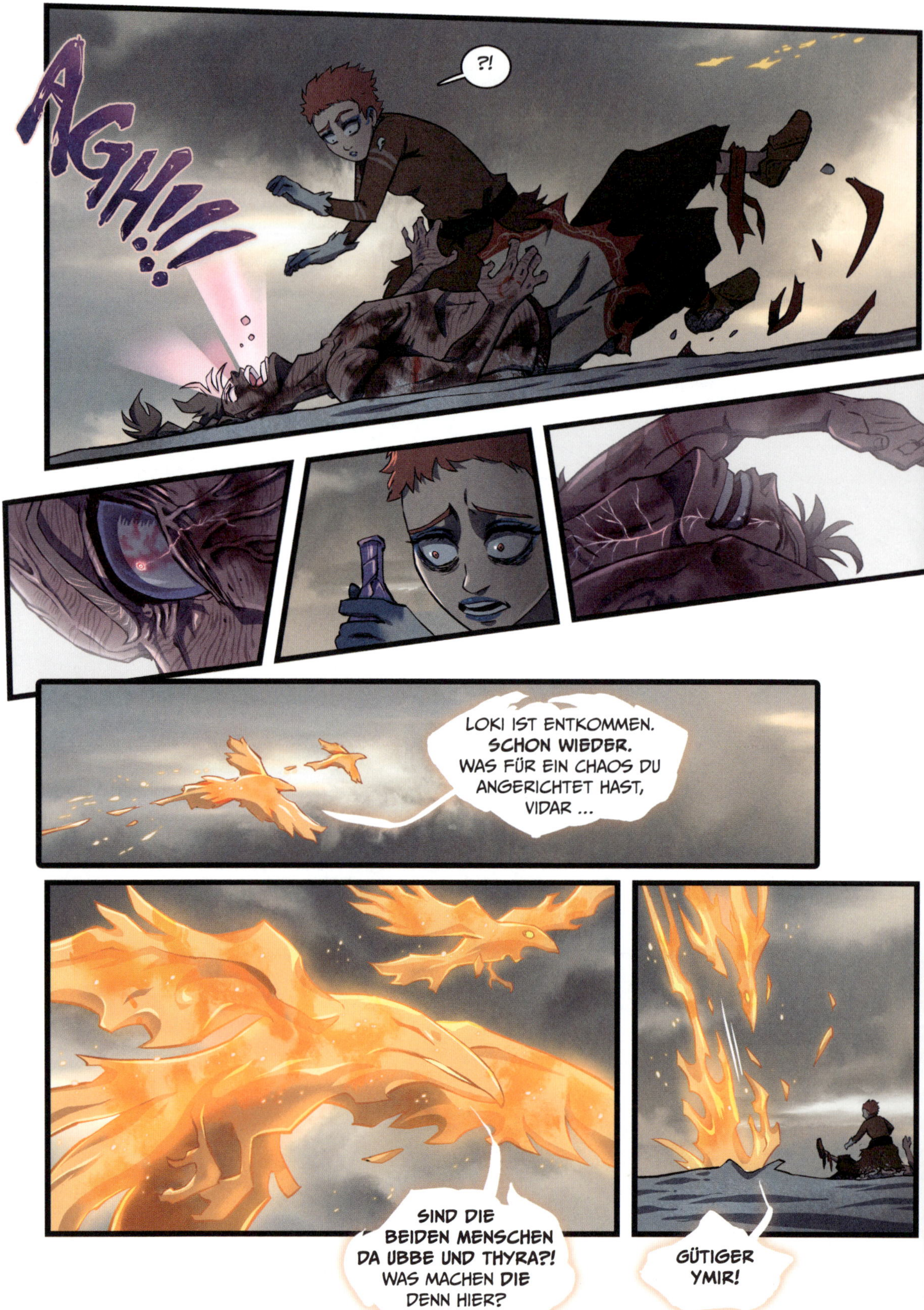
AGH!!!
?!
LOKI IST ENTKOMMEN. SCHON WIEDER. WAS FÜR EIN CHAOS DU ANGERICHTET HAST, VIDAR ...
SIND DIE BEIDEN MENSCHEN DA UBBE UND THYRA?! WAS MACHEN DIE DENN HIER?
GÜTIGER YMIR!

THYRA!
UBBE HAT DOCH NICHT ETWA DAS ELIXIER GETRUNKEN?!
WER BIST DU?! UND WOHER KENNST DU UNSERE NAMEN?!
GEHÖRST DU ZUM DONNERGOTT?! DAS IST ALLES EURE SCHULD! GÖTTER SOLLEN DIE MENSCHEN BESCHÜTZEN, NICHT ANGREIFEN!
UBBE MUSSTE ES TRINKEN! LOKI SAGTE ...
VERTRAUE NIE AUF LOKI!
UBBE REAGIERT HEFTIG AUF DAS ELIXIER, WIE ZU ERWARTEN.
IDUNS TRANK ZU TRINKEN IST ÄUSSERST RISKANT. DER ZAUBER IST ZU STARK.
NUR EINE HAND-VOLL MENSCHEN HABEN ES ÜBERLEBT.

KOMM H... *HUST* KOMM HER, DU MISSGEBURT! DU SOLLST BÜSSEN FÜR ...

N... NEIN ...
TANNGRISNIR.

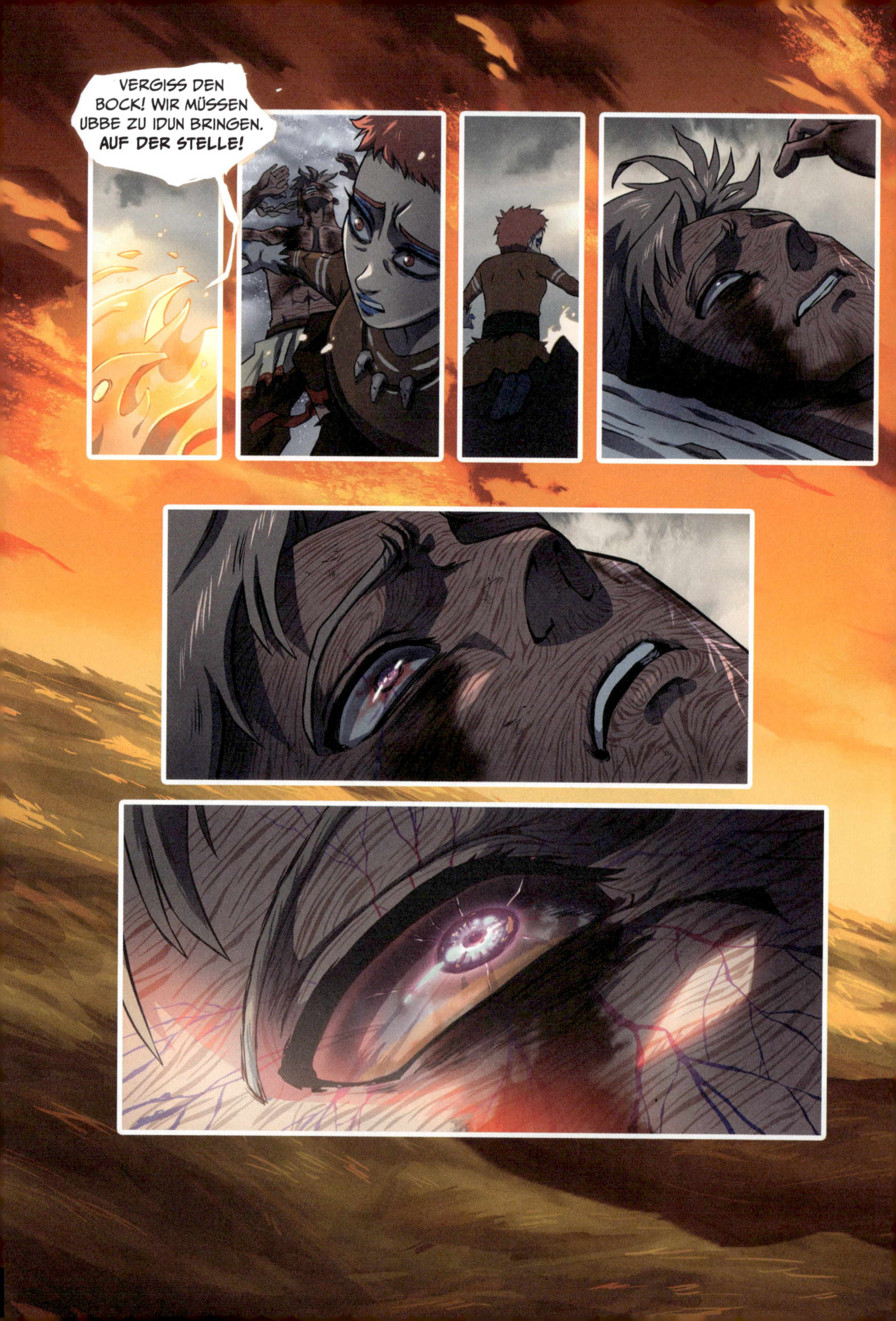
VERGISS DEN BOCK! WIR MÜSSEN UBBE ZU IDUN BRINGEN. AUF DER STELLE!

KAPITEL 3

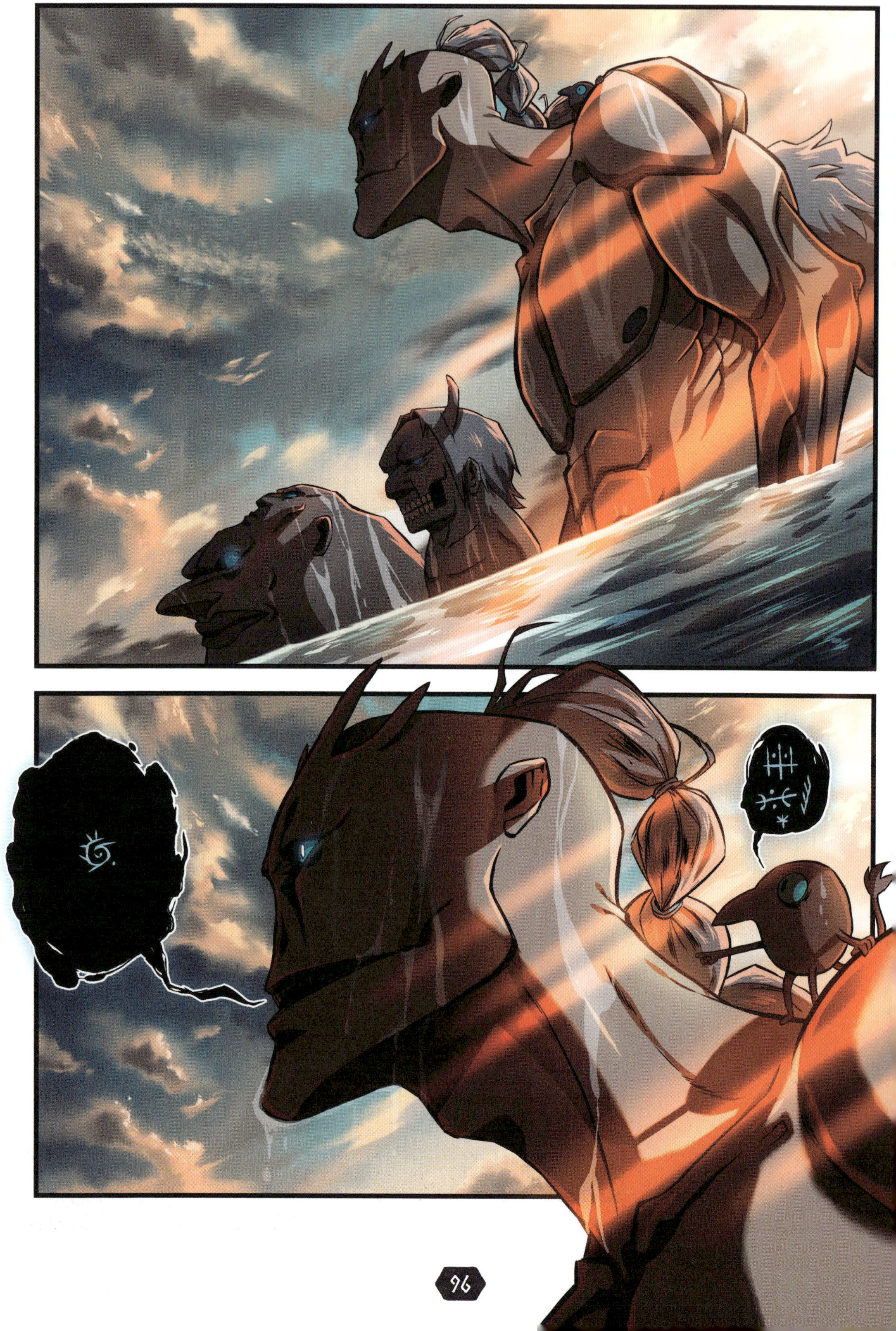

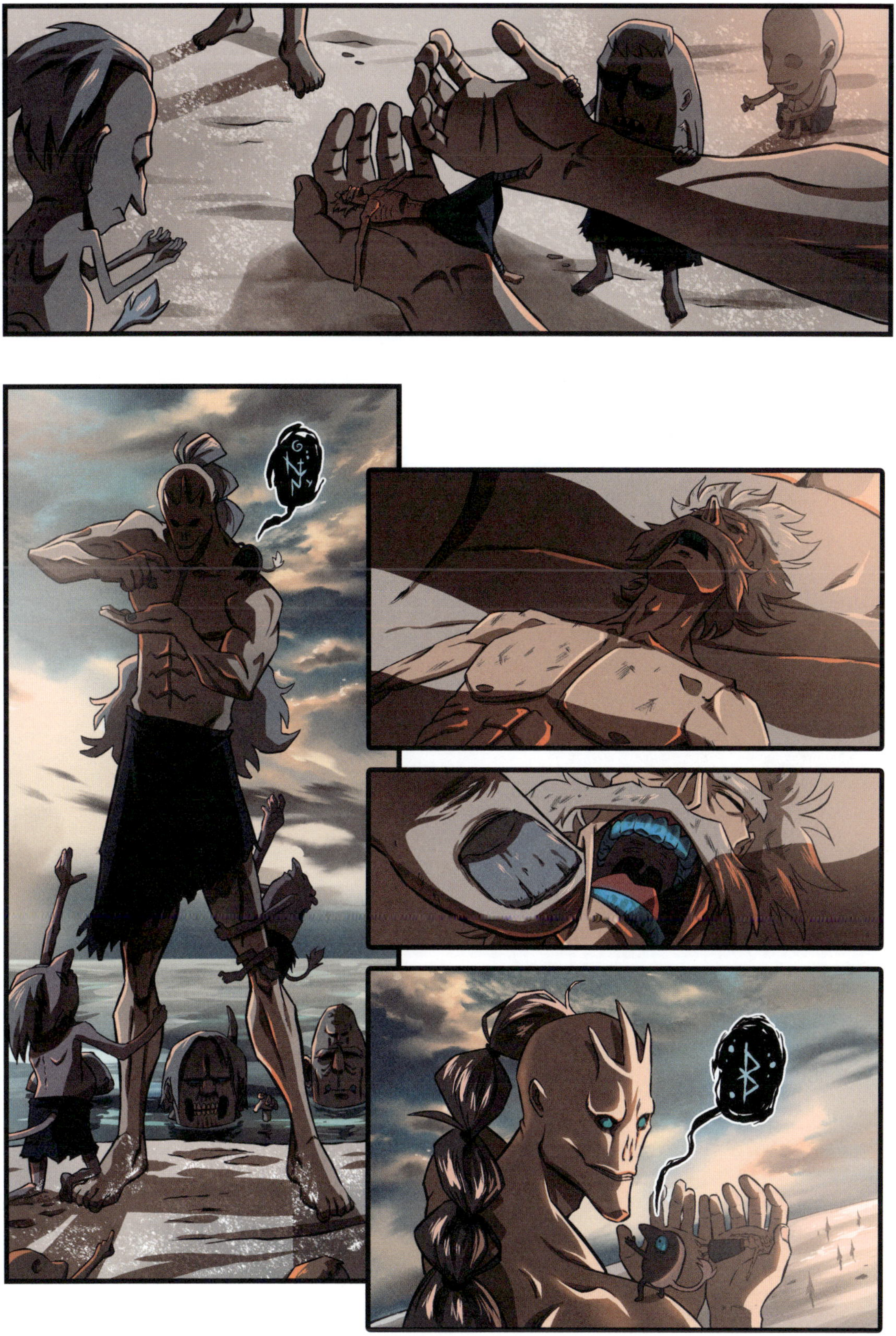

FROSTRIESEN?

WAS MACHEN DIE **HIER**? UND WAS WOLLEN SIE MIT BLAUZAHN?
EGAL ... **KONZENTRIER DICH, LOKI!** DU BRAUCHST EINE GEISEL.
AM BESTEN EINEN ANDEREN ODINSSOHN!

HOD!
UFF ... JA-HA! KOMME JA SCHON.
*SEUFZ!* HÄTTE ICH DOCH AUCH DAS GEHÖR VERLOREN!
ICH HABE DICH SCHON ÜBERALL GESUCHT, JUNGE!
UND WIE OFT HABE ICH GESAGT, DU SOLLST NICHT ANS WASSER?!

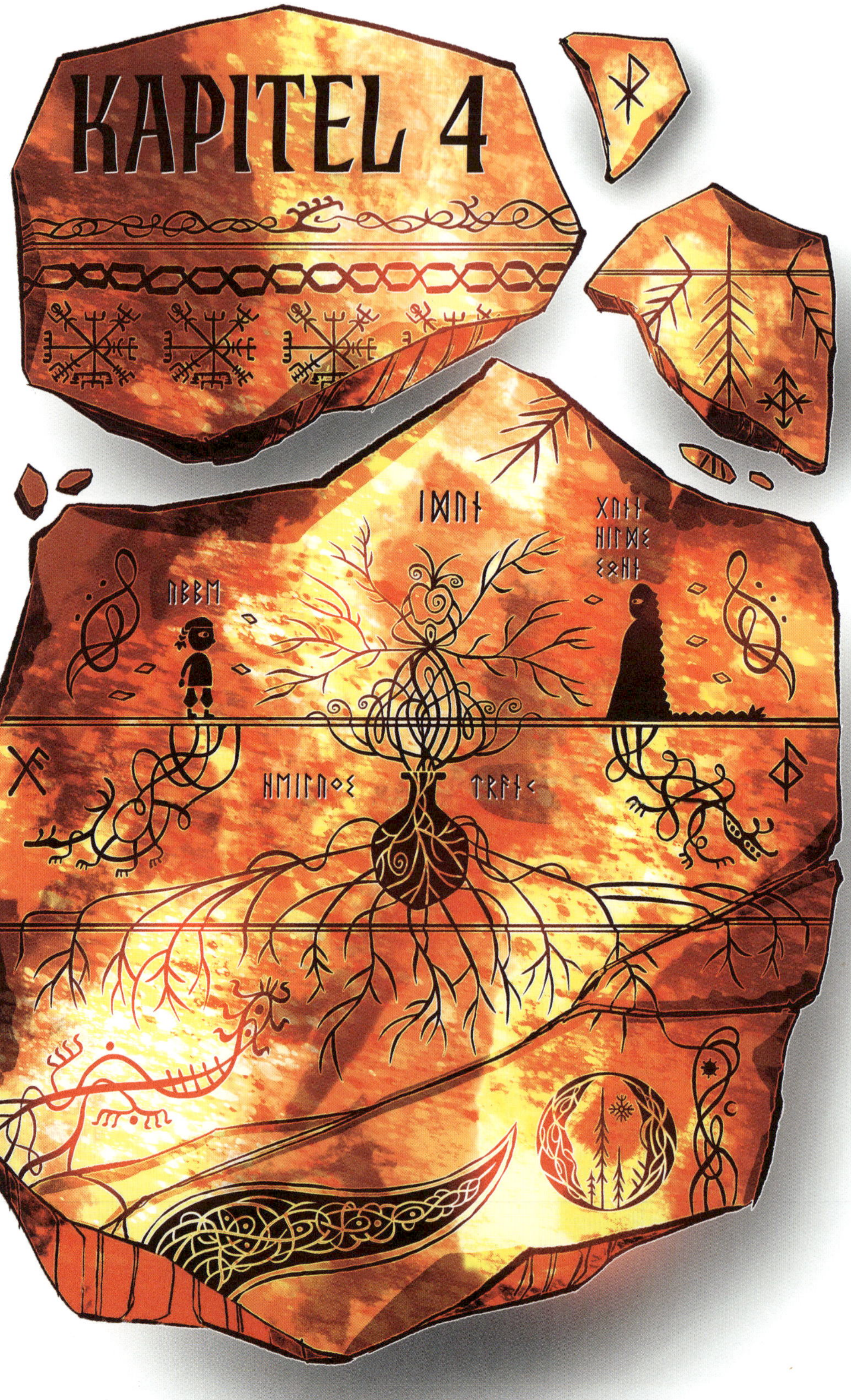
KAPITEL 4

WIR SIND GLEICH DA. ASGARD LIEGT DIREKT HINTER DEN DREI SCHWERTERN.
DIE DREI SCHWERTER ...
VATER. BRUDER. ICH HABE EUCH ENTTÄUSCHT.
BIN VIELLEICHT **ICH** DIE MISSGEBURT?
VATER ... WAS IST AN DIESEM JUNGEN SO BESON-DERS?

VIDAR UND ODIN SIND ZURÜCK! ABER ...

... ICH SEHE NUR EINEN BOCK? WO IST TANN-GRISNIR??
UMM UO IFF UOKI?

DAS IST ASGARD? SIEHT NICHT SEHR GÖTTLICH AUS. SIEHT ZIEMLICH ...
... RUNTERGEKOMMEN AUS. WAS IST PASSIERT?
TUT MIR LEID, DASS DU ALLES ALLEIN TRAGEN MUSSTEST, TANNGNJOSTR.
WARTE HIER.
BEEILT EUCH!

ZOSCH

ALLVATER ODIN?! DIE MAGIE WAR ALSO VON IHM?
BLITZMERKER.
NA LOS.

WAS ZUM ...?!
SEI GEGRÜSST, IDUN.
...

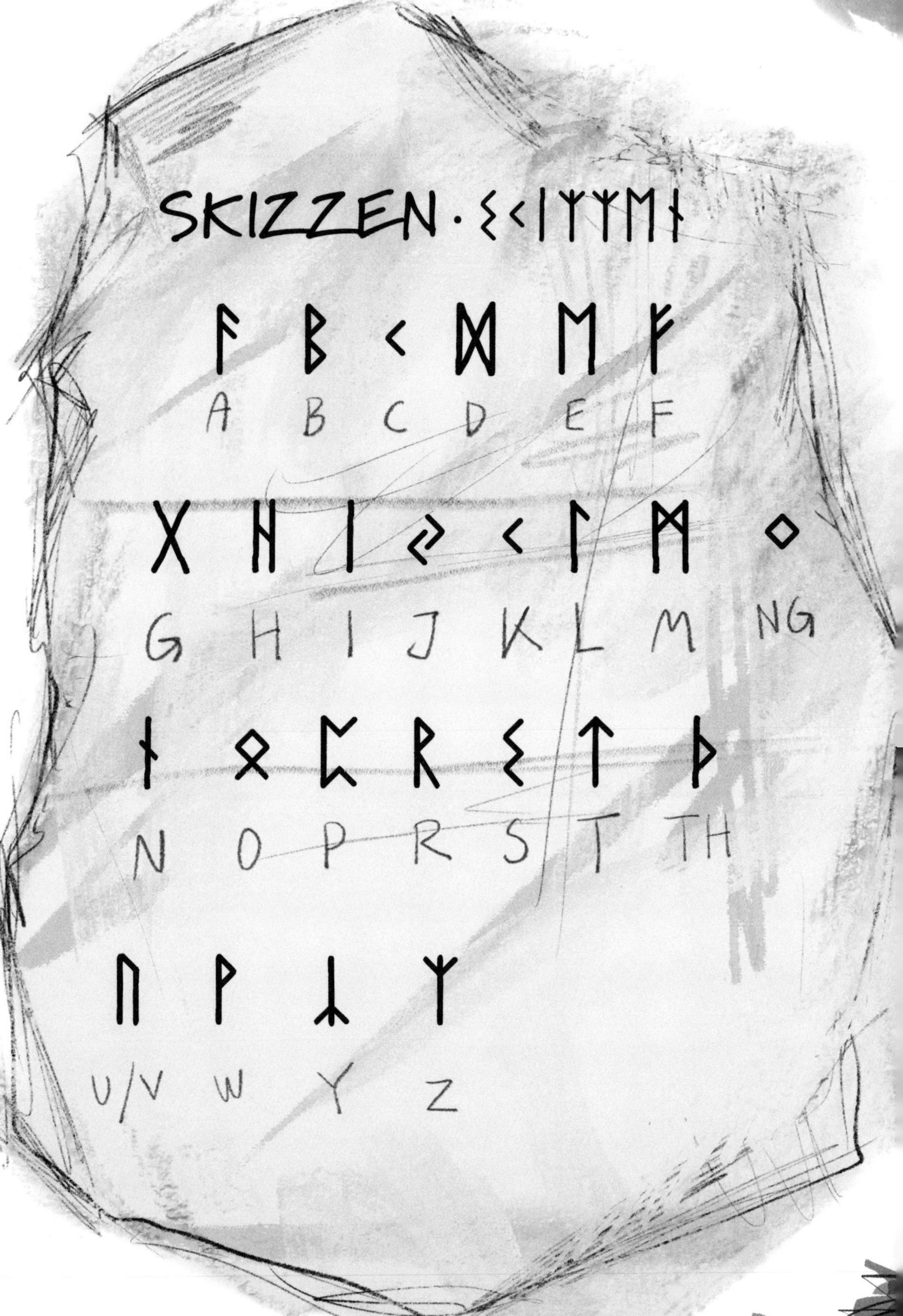
SKIZZEN
A B C D E F
G H I J K L M NG
N O P R S T TH
U/V W Y Z

ᚢᛒᛒᛗ

# ODIN HELGHEIMS GESICHTSAUSDRÜCKE BEIM ZEICHNEN

DANKE, DASS DU RAGNARÖK LIEST. ICH HOFFE, DU FREUST DICH AUF BAND 4! – LIEBE GRÜSSE
ODIN

# RAGNARÖK

## GASTBEITRÄGE

ANNA (13)

ELEN ANDREA
STORHEIL (9)

JOHANNA
TELLVIK HUSBYN (9)

MADELEN
KNUTSHAUG-RUUD (10)

REYHAN YILDIRIM

ILLUSTRATION VON
PEDER NYGAARD

ILLUSTRATION VON VICTOR NORDAHL,
AUTOR VON VILLE POTER (WILDE PFOTEN)

ILLUSTRATION VON SARA HJARDAR
AUTORIN VON MIA MYHR OG BARNA SOM FORSVANT,
(MIA MYHR UND DIE VERSCHWUNDENEN KINDER)

ILLUSTRATION VON ISABELL MARTINSEN

© Id Skriverhaug

**Odin Helgheim** wurde 1996 im norwegischen Sandefjord geboren. Als Kind lebte er einige Jahre in den USA, wo er seine Leidenschaft für Comics entdeckte und neugierig darauf wurde, selbst welche zu zeichnen. Diese Begeisterung nahm er mit zurück nach Norwegen und hörte mit dem Zeichnen einfach nicht mehr auf. „Odin" ist übrigens kein Pseudonym: Auch seine Geschwister wurden nach nordischen Göttern benannt.